مايا
و«دُودةُ الكُتُبِ»

تأليف: آنِل باسِلي

رسوم: غوكتوك قهرمان

ترجمة: محمد عز الدين سيف

دار جامعة حمد بن خليفة للنشر
HAMAD BIN KHALIFA UNIVERSITY PRESS

مرحبًا، أنا اسمِي مايا. وعندِي سؤالٌ يَشغلُ تفكيرِي. هلْ تعرفونَ معنى «دودةِ الكتبِ»؟ أخبرتْنِي أمي أنَّني إذا قرأتُ كتبًا كثيرةً، فسأصبحُ دودةَ كتبٍ.

أنتمْ تعرفونَ بالطبعِ أنَّ دودةَ التفاحِ تعيشُ داخلَ التفاحِ؛ فهي تَثقبُه وتحفرُه ثمَّ تسكنُ فيه.
لكنْ ماذا عنْ دودةِ الكتبِ؟ هلْ تعيشُ داخلَ الكتبِ؟

لا أريدُ
أنْ أصيرَ دودةً
تعيشُ
داخلَ الكتبِ!

أحيانًا، أرى دودةً تطلُّ برأسِها منَ التفاحةِ، ثمَّ تختبئُ!
فماذا تفعلُ وحدَها طوالَ اليومِ يا تُرى؟
ألا تشتاقُ إلى أصدقائِها وأهلِها وبيتِها؟
التفكيرُ بهذا الأمرِ جعلَني أشتاقُ لأبي وأمي الآنَ.

لهذا السببِ لا أريدُ أنْ أصيرَ دودةَ كتبٍ.

تحبُّ أمي الكتبَ كثيرًا، وتأخذُني معَها
إلى المكتباتِ دائمًا.
لكنَّني اليومَ، لا أرغبُ في مرافقتِها.
ماطلتُ في إنهاءِ فطورِي، لعلَّها تغيِّرُ رأيَها.

لكنَّني لمْ أنجحْ، وذهبتُ معَها إلى المكتبةِ في النهايةِ.
بَدا لي أنَّ المكتبةَ تكبرُ وتكبرُ كلَّما اقتربْنا منْها.

إنَّها مكتبةٌ ضخمةٌ!

رأيتُ المكتبةَ كبيرةً ومزدحمةً بالناسِ، فتمنَّيتُ أنْ نرجعَ إلى البيتِ.
ثمَّ نظرتُ إلى الرفوفِ، فوجدتُها مليئةً بالكتبِ منْ مختلفِ الألوانِ والأحجامِ والعناوينِ.

وعنْ قربٍ، رأيتُ ذيولاً تتدلَّى
منْ بعضِ الكتبِ.
يا للعجبِ! هلْ جاءَ الناسُ إلى
هنا ليُطعِمُوا الدودَ في الكتبِ؟
سِرْتُ في ممراتِ المكتبةِ، وكانَ
عددُ الكتبِ هائلاً، والدودُ يتدلَّى
منْها جميعًا حتى خفتُ أنْ
تسقطَ دودةٌ عليَّ.

أنهيْنا الزيارةَ إلى المكتبةِ، وفي طريقِ عودتِنا إلى البيتِ، خطرَ على بالي سؤالٌ: متى سيصيرُ أبي وأمي **دودتيْ كتبٍ؟**

كيفَ سأعيشُ داخلَ كتابٍ؟ وماذا سآكلُ؟
كيفَ سأنامُ؟
بالطبعِ، سأحزنُ كثيرًا إذا ما ابتعدتُ عنْ أصدقائي!

وهلْ سيتحوَّلانِ إلى دودتينِ وأنا في المدرسةِ؟ أو عندَ مغيبِ الشمسِ؟
أو حينَ يسطعُ القمرُ؟
أفكارٌ كثيرةٌ تشغلُ تفكيرِي.
ماذا لو استيقظتُ يومًا، ووجدتُ أنَّني صرتُ دودةً قبلَهُما؟

في اليومِ التالي، استيقظتُ ولمْ أجدْ أمي في البيتِ. بحثتُ عنْها في الغرفِ، فلمْ أجدْها. إلى أينَ ذهبَتْ يا تُرى؟ كانَ البيتُ هادئًا، وكان أبي يقرأُ كتابًا في غرفةِ الجلوسِ.
لكنَّني ويَا للعجبِ! رأيتُ ذيلًا يتدلَّى منْ كتابِهِ! فاقتربتُ منْه لأَرى بوضوحٍ.

هلْ...؟
هلْ هذه...؟
هلْ هذه أمي؟

كانَ الذيلُ يتحرَّكُ كلَّما قلَّبَ أبي صفحاتِ الكتابِ. وبدا لي كأنَّ الذيلَ يتنقلُ منْ صفحةٍ إلى أخرى!
فصرخْتُ بأعلى صوْتي: «لاااااا».
هلْ تحوَّلتْ أمي إلى دودةِ كتبٍ؟
ومنْ شدةِ خوْفي، احتمَيْتُ بأبي، فسقطَ الكتابُ منْ يدهِ.

عندَها صرخْتُ مرتعبةً: «إنَّها دودةُ الكتبِ يا أبي، تعيشُ داخلَ الكتابِ،

أظنُّ أنَّها أمي.»

نظرَ أبي إليَّ مندهِشًا.
ثمَّ أمسكَ بالكتابِ، وقرَّبَه منِّي كيْ أراهُ بوضوحٍ.
وأشارَ إلى دودةِ الكتبِ، وسألَني:
«هلْ تتحدَّثينَ عنْ هذهِ الشريطةِ؟»
ظنَّ أبي أنَّها شريطةٌ للأسفِ!

وواصلَ كلامَهُ قائلًا: "هذه ليستْ دودةً يا مايا.
إنَّها شريطةٌ نضعُها بينَ الصفحاتِ، كي نعرفَ أين توقَّفْنا في القراءةِ".
وأضافَ: "دودةُ الكتبِ، عبارةٌ نُطلقُها على منْ يقرأُ كتبًا كثيرةً!"
فأجبتُه حائرةً: "تقصدُ أنَّ الإنسانَ لا يصيرُ دودةً؟
ولا يعيشُ داخلَ الكتابِ أبدًا؟»

حدَّقتُ في الكتبِ الأخرى التي في المكتبةِ. كانَ أبي على حقٍّ!

إنَّها شرائطُ ملونةٌ، تتدلَّى وتتأرْجحُ!

ولكنْ أينَ أمي إذًا؟

في تلكَ اللحظةِ، وصلتْ أمي، وبيدِها أكياسُ مشترياتٍ منَ السوقِ. فرحتُ كثيرًا عندَ رؤيتِها... وبكلِّ حماسٍ، أخبرتُها بما حدثَ معي!
فقالتْ مبتسِمةً:

«الآنَ عرفتُ لماذا لا تُحبِّينَ المكتباتِ؟»

لمْ تتحوَّلْ أمي إلى دودةٍ! لقدْ أسأْتُ فهمَها، فدودةُ الكتبِ شيءٌ مختلفٌ تمامًا عمَّا ظننتُ.

ومِنْ وَقتِها، وأنا أريدُ أنْ أصيرَ دودةَ كتبٍ.

نعمْ، سأقرأُ كتبًا كثيرةً،
وسأزورُ المكتباتِ كلَّها.

صرتُ أنتظرُ موعدَ قراءةِ الكتبِ بفارغِ الصبرِ.
أقرأُ الكلماتِ وأشاهد الرسومَ، وأسرحُ بأفكارِي وخيالي.

لَدَيَّ كتبٌ كثيرةٌ، تنتظرُني كيْ أقرأَها.
كتبٌ في كلِّ مكانٍ؛ على الطاولةِ وتحتَها، وفي خزانتِي، وفي حقيبتِي.

أريدُ أن أقرأَها كلَّها.

إذا أردتَ أن تكونَ
دودةَ كتبٍ مثلِي،
فعليكَ أنْ تقرأَ كثيرًا،
وأنْ تُحبَّ الكتبَ كثيرًا.

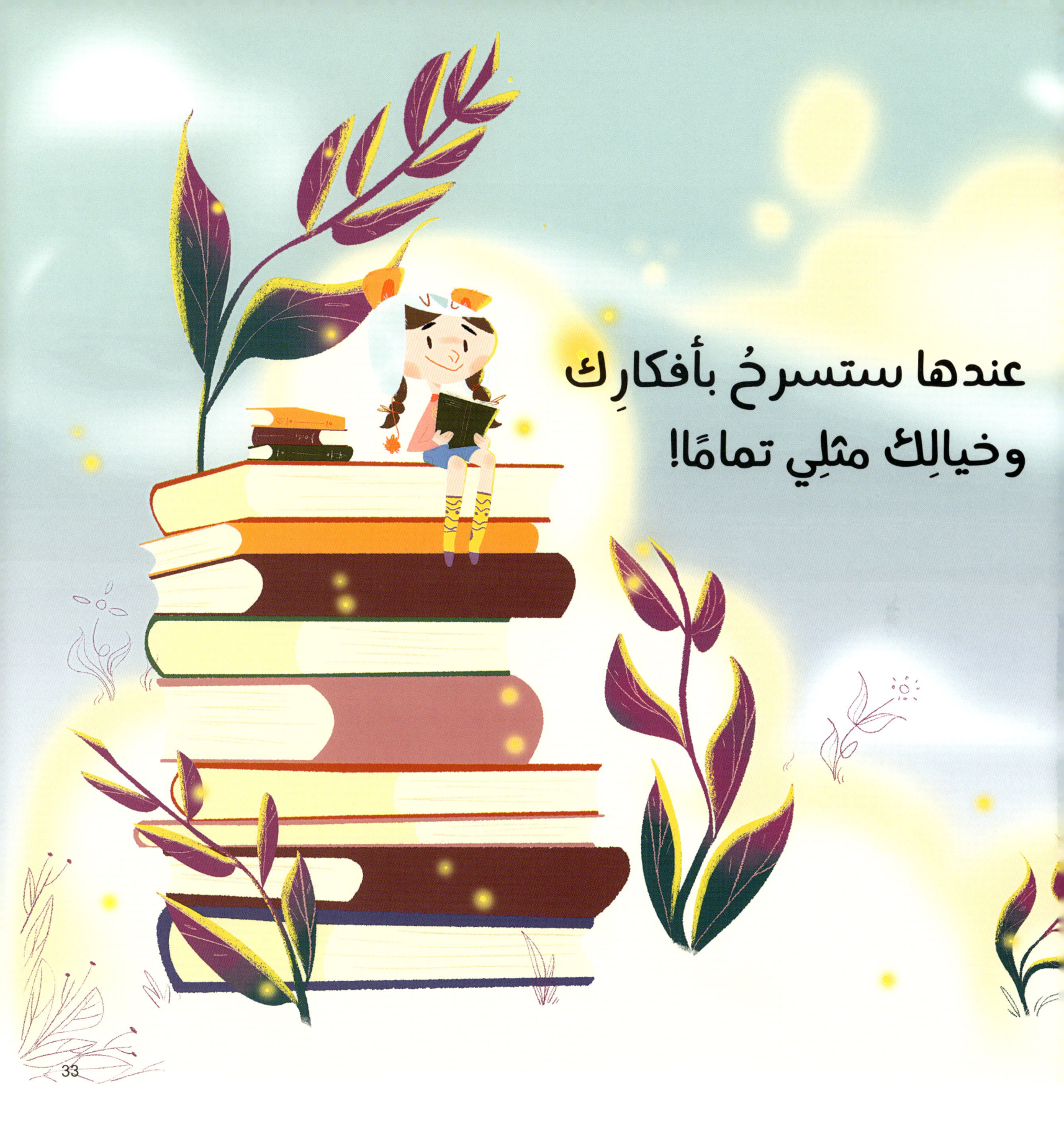

عندها ستسرحُ بأفكارِك
وخيالِك مثلِي تمامًا!

ولا تنسَ أنَّ قراءةَ الكتبِ بشغفٍ واهتمامٍ،

تعرِّفُك على الناسِ والبلدانِ،

فابدأْ وكنْ دودةَ كتبٍ منَ الآنَ!